Morgens beim Bäcker

HANS-DIETER HOLTZMANN

Morgens beim Bäcker

50 heitere Kurzgeschichten mitten aus dem Leben

Bibliografische Information der Deutschen Nationalbibliothek:
Die Deutsche Nationalbibliothek verzeichnet diese Publikation in der
Deutschen Nationalbibliografie; detaillierte bibliografische Daten sind
im Internet über dnb.d-nb.de abrufbar.

Umschlaggestaltung, Satz, Herstellung und Verlag: BoD – Books on
Demand, Norderstedt

ISBN: 978-3-7562-6953-2

Inhalt

Vorwort

Irgendwann sind Keller, Regale und Kleiderschränke ausgemistet, und dann stellt sich zwangsläufig die Frage: Was als Nächstes tun?

Viele haben den Lockdown und die unfreiwilligen und freiwilligen Einschränkungen während der Pandemiezeit für ihr ganz persönliches »Corona-Projekt« genutzt.

Für mich war dies Anlass und Chance, wieder einmal meine kreative Ader zu beleben und nach langer Zeit ein Buchprojekt in Angriff zu nehmen. Mir war klar, dass die allgemeine Lage ernst genug ist, sodass ich inhaltlich kein sachliches Fachbuch, sondern etwas Heiteres schreiben wollte – als Geschenk und Belohnung für mich selbst, die Menschen, die mir nahestehen, und alle, die dies sonst noch etwas erfreuen und unterhalten könnte.

Die zündende Idee kam schließlich von meiner Frau. Oft kam ich morgens vom Bäcker nicht nur mit leckeren Brötchen, sondern auch mit Geschichten zurück, die ich ihr am Frühstückstisch erzählte – mal Lustiges, mal Ärgerliches, immer mit einem Augenzwinkern. So sagte sie mir eines Tages: »Schreib das doch mal in einem Buch auf.«

So kam es dann, und nun liegt das Ergebnis vor Ihnen.

Mögen die Geschichten Sie an eigene Erlebnisse in Bäckereien erinnern, Sie zum Schmunzeln bringen oder wieder beruhigen, dass auch der alltägliche Wahnsinn mitten im Leben nur halb so wild ist. Manchmal kommt es – gerade in herausfordernden Zeiten wie der nach wie vor andauernden Pandemie, aber auch der schrecklichen Lage in der Ukraine – eben auf die Perspektive an, aber auch darauf, einmal abschalten und lachen zu können.

Meiner Frau, Therese Lane-Holtzmann, widme ich dieses Buch in Liebe und Dankbarkeit.

Dr. Hans-Dieter Holtzmann
Frankfurt am Main, im Juni 2022

1. Wir müssen los!

Stehe beim Bäcker an. Vor mir zwei weitere Personen, hinter mir auch zwei. Die beiden Wartenden vor mir dürfen die Bäckerei betreten; ich bin damit der Nächste in der Schlange. Plötzlich höre ich ein Auto auf dem Parkplatz neben der Bäckerei vorfahren. Ein ca. 10-jähriger Steppke steigt aus und tritt neben mich: »Darf ich vor Ihnen rein? Wir müssen los!«

Nachdem es sich offensichtlich nicht um einen blutenden Notfall beim Arzt, sondern »nur« um das Besorgen von Brötchen handelt, sage ich freundlich: »Nein« mit der Begründung, dass sie schon früher zum Bäcker hätten kommen müssen, wenn sie es so eilig hätten. Als er nach mir in die Bäckerei darf, holt er sich den nächsten Korb: Er will Sandwiches einkaufen, die Verkäuferin hat aber keine, sodass er mit Croissants vorliebnehmen muss. Überlege mir, warum er und seine Eltern es wohl so eilig hatten. Muss er zu einem Fußballspiel? Er trägt nämlich Sportbekleidung. Dann soll er aber besser schleunigst lernen, pünktlich zu Spielen zu kommen, wenn er eines Tages einmal für Eintracht Frankfurt oder gar Bayern München spielen will. Oder will er mit seinen Eltern in den Urlaub fahren? Es war nämlich der erste Tag der Sommerferien in Hessen. Der Urlaub kommt dann aber doch sicher nicht so spontan, dass seine Mutter oder sein Vater die Sandwiches nicht am Vortag hätten einkaufen oder einfach selbst schmieren können?

2. Reicht ne kleine Tüte?

Einstiegsfrage heute beim Bäcker: »Reicht ne kleine Tüte?« Überlege für einen Augenblick, wie ich hierauf am besten antworten soll. »Klein« ist ja relativ. Eine zu große Papiertüte verursacht natürlich unnötig Müll. Eine zu kleine Tüte dafür schmerzhafte Fingerspitzen und das Risiko, dass die Tüte auf dem Weg aus der Hand auf den Boden rutscht. Entscheide mich dafür nach Abwägung sicherheitshalber lieber für eine größere Tüte. Auf dem Nachhauseweg mit meiner – natürlich zu großen – Tüte kommt mir der Geistesblitz, dass die perfekte Einstiegsfrage der Verkäuferin doch eigentlich gewesen wäre: »Wie viele Stücke möchten Sie insgesamt?« und sie als die Bäckereitütenfachfrau dann mit ihrer Erfahrung kompetent die hierfür am besten passende Tüte hätte auswählen können.

Verkaufspsychologisch wäre dies vermutlich für die Bäckerei auch geschickter, anstatt den Eindruck zu erwecken, dass es sich bei Brötchen um ein knappes ökonomisches Gut handelt. So erreichen wir eine Win-win-Situation und tun noch etwas Gutes für die Umwelt oder bringen gleich unsere eigene Tüte mit (»Bring Your Own«). Mit diesem guten Gefühl nehme ich mir vor, mir dies für die nächste zu treffende Tüten-Entscheidung zu merken – was ich dann auch tatsächlich erfolgreich einen Monat später mache –, und lasse mir einstweilen meine Brötchen schmecken.

3. Wie geht's?

Freue mich, als ich beim Bäcker ankomme. Vielleicht auch bedingt durch die Ferienzeit heute mal keine lange Schlange. Ich werde der Nächste sein, der reindarf. Vor mir in der Bäckerei ist nur noch eine ältere Dame so um die 70. Die Verkäuferin stellt ihr die freundliche und an sich harmlose Frage: »Wie geht's?« Hierauf könnte man der Situation angemessen mit allem Möglichen antworten – in einem Satz. Die Dame betrachtet die Frage jedoch als Einladung, minutenlang in aller Ausführlichkeit von ihrem Arztbesuch in der letzten Woche zu erzählen, und will einfach kein Ende finden, wenn man sie schon so nett fragt und ihr geduldig zuhört. Dass Mitmenschen dafür warten müssen, scheint sie im Eifer des Gefechts völlig zu vergessen, und die Verkäuferin ist zu nett, um sie zu unterbrechen. Ich schließe daher die Augen für einen Augenblick und stelle mir eine ähnliche Situation in New York vor, wenn die Verkäuferin in einer Bäckerei die Frage stellt: »How are you?« und die Dame ihr dann auf ehrliche deutsche Art ihre Lebensgeschichte erzählt.

4. Live aus der Bäckerei

Als ich mich der Bäckerei nähere, höre ich bereits eine Kundin lautstark reden. Als ich dann freie Sicht habe, sehe ich, dass sie an der Theke telefoniert. Detailliert beschreibt sie ihren zu Hause gebliebenen Familienangehörigen oder Freunden das heutige Angebot: »… heute keine Apfeltaschen …«, »… es gibt Zimtschnecken …« und so weiter. Angesichts der Live-Berichterstattung weiß ich zumindest schon, was es heute gibt und was nicht, und kann meine Wunschauswahl schon einmal gedanklich vorbereiten. Weit gefehlt jedoch, wer nun denkt, dass die Kundin jetzt bereit wäre, in die Bestellungsphase zu springen – trotz eng anliegender Hose im »Tiger-Look«. Jetzt kommt erst noch Teil zwei des Entscheidungsprozesses: die Fragerunde. Die arme Verkäuferin wird nun mit allen möglichen Fragen bombardiert: »Schmecken die Zimtschnecken sehr nach Zimt?«, »Ich habe Laktoseintoleranz. Was würden Sie empfehlen? Ich nehme aber auch Tabletten«, »Vielleicht nehme ich dann einfach eine Zimtschnecke und eine Mohnschnecke. Was kostet jeweils eine?« Als die Kundin die Bäckerei endlich erfolgreich verlässt, ist die Schlange hinter mir bereits zehn Meter länger geworden.

5. Coffee to go

Ein Mann bestellt sich in der Bäckerei einen »Coffee to go«. Erfahrungsgemäß weiß ich, dass dies die Bäckerei nun erst einmal minutenlang lahmlegen wird. Wundere mich zum einen, warum wieder einmal gerade Männer es offensichtlich nicht schaffen, sich einen Kaffee zu Hause zuzubereiten, und ärgere mich auch über Bäckereien, die dies am Sonntag im größten Trubel zulassen. Denke über den Begriff »Coffee to go« nach – eigentlich müsste es richtigerweise sonntags heißen »Coffee to go – nothing goes anymore«.

6. Familienausflug zum Bäcker

Die Bäckerei hat nur einen recht kleinen Verkaufsraum. Aufgrund der Corona-Abstandsvorschriften dürfen sich daher – vernünftigerweise – nur zwei Kunden gleichzeitig in der Bäckerei aufhalten, die dann jeweils von einer Verkäuferin bedient werden. Gehen also eine Familie, ein Pärchen oder zwei Freund*innen (wie heute vor mir) gemeinsam in den Verkaufsraum, legen sie die ganze Bäckerei lahm, eine Verkäuferin kann keinen Kunden bedienen, und die Warteschlange draußen wird länger. Frage mich, wieso Familien, Pärchen und Freund*innen zwar gern Lebenszeit miteinander verbringen (einschließlich beim Bäcker), sich aber offensichtlich so wenig vertrauen, dass nicht einer den Einkauf für alle tätigen kann. Zumal es hier ja »nur« um Brötchen geht, und nicht etwa um eine kritische Lebensentscheidung oder größere Anschaffung wie eine neue Wohnung oder ein neues Auto.

7. Das Gerät steht in der Ecke

Ich zahle – zumal in Corona-Zeiten – gern bargeldlos. Ich finde es daher für alle Beteiligten sehr angenehm, dass in der Bäckerei Kartenzahlung möglich ist – anders als in einer anderen Bäckerei in meiner früheren Nachbarschaft, die selbst in der Hochphase von Corona noch auf unhygienischer Bargeldzahlung bestand. Leider hat die Bäckerei jedoch nur ein Zahlgerät, und es befindet sich meist »in der Ecke« – entweder zum Akku-Aufladen oder zumindest möglichst weit weg vom Kunden. So muss man sich – allen Abstandsregeln zum Trotz – zum Bezahlen zum Gerät durchschlängeln. Denke gerade sehnsüchtig an »Pret A Manger« zurück, wo jede Kasse völlig unkompliziert ein eigenes Zahlgerät hatte, das auch immer geladen zu sein schien: »Pret A Payer« sozusagen.

Einen Monat später geht mein Traum in Erfüllung: Der technische Fortschritt hält in meiner Bäckerei endgültig Einzug: Völlig begeistert finde ich heute an jeder Kasse ein topmodernes Bezahlgerät vor.

8. Haben Sie eine Kundenkarte?

Vor mir bestellt eine Kundin ein Brot. Sofort kommt wie aus der Pistole die Frage der Verkäuferin: »Haben Sie eine Kundenkarte?« Die Kundin hatte zwar eine, aber leider zu Hause vergessen, also Pech gehabt – wer kennt diese Erfahrung nicht? Stelle mir mal wieder die Frage, wieso man beim Einkaufen (sei es in der Bäckerei, im Supermarkt oder im Kaufhaus) an der Kasse jedes Mal automatisch gefragt wird, ob man eine Kundenkarte hat. Wer meint, dass sich eine lohnt und eine besitzt, wird sie ja als mündiger Kunde im eigenen Interesse im Geschäft vorlegen – und für jeden anderen ist die Frage einfach nur nervig.

Zumal die sogenannte Kundenkarte dieser Bäckerei bizarrerweise sogar nur für Einkäufe von Brot gilt und nicht für andere Backwaren.

9. Anzeichen steigender Inflation

Vor der Bäckerei bettelt seit längerer Zeit sonntags dieselbe Frau. Seit einigen Wochen habe ich sie jedoch nicht mehr gesehen und schon angefangen, mir Sorgen zu machen: Hoffentlich ist sie nur auf Heimaturlaub und nicht ernsthaft krank? Heute ist sie wieder zurück – mit einem neuen Schild: »Bitte für Essen. 2 Kinder. € 1 € 2. Ungaris. Danke.« Offensichtlich hat die zuletzt wieder steigende Inflation eine klarere Handlungsempfehlung zur Höhe der erbetenen Zuwendungen erforderlich gemacht.

10. Auf die Plätze, fertig, los!

Vor mir wartet eine Frau ungeduldig auf Einlass in die Bäckerei. Im Verkaufsraum werden bereits Coronaregelkonform zwei Kunden bedient, sodass kein Platz für eine weitere Kundin ist. Sie tritt von einem Fuß auf den anderen. Schließlich macht sie noch einen Schritt nach vorne und bleibt in der »Poleposition« mitten in der Tür stehen. Die Folge ist eine klassische Situation, in der alle verlieren: Der Kunde vor ihr kann nicht raus, sie kann nicht rein, die Verkäuferinnen können nicht weiterbedienen und die Schlange hinter ihr wird länger und vergeudet wertvolle Wochenendzeit. Langsam realisiert sie, was falsch ist, und das Knäuel löst sich auf.

11. Hightech beim Bäcker

Nachdem ich gestern so stolz war, beim Bäcker die passgenaue Tütengröße ergattert zu haben, erwartet mich beim heutigen Besuch eine echte Überraschung: Die bisherigen, in diversen Größen verfügbaren Tüten im Öko-Look sind verschwunden; dafür bekomme ich meine Brötchen in einer megagroßen Tüte im neuen Design. Neugierig schaue ich sie mir auf dem Nachhauseweg näher an. Es handelt sich Angabe gemäß um »den flachsten Brotkasten der Welt« in Form einer »spezialbeschichteten Tüte«, die den »Luft- und Feuchtigkeitsgehalt durch eine spezielle Membrane reguliert«. Atemlos prüfe ich, ob man diese Spezialschicht sogar fühlen kann, und tatsächlich gleitet meine Hand über ein Muster aus kleinen, luftdurchlässigen Erhebungen. Bin gespannt, wie sich dieses wahre Hightech-Produkt in der Praxis bewährt, bin aber auch etwas traurig, dass mich meine Bäckerei offensichtlich »tagelang« nicht mehr sehen möchte, um dort frische Backwaren einzukaufen.

Als ich nächste Woche wieder zum Bäcker gehe, sind die Wundertüten bereits wieder verschwunden und durch die vorherige klassische Variante abgelöst.

12. Parkschwierigkeiten

Was ist es bloß mit der magischen Anziehungskraft von Türrahmen in Geschäften? War der Eingang gestern von einer ungeduldigen Frau blockiert, so befindet sich dort heute ein angelehntes Skateboard, an dem jeder vorbeiskaten muss, der hinein- oder hinausmöchte. Der Besitzer hatte offensichtlich die Qual der Wahl: Lässt er sein Skateboard draußen vor der Bäckerei, müsste er den in der Schlange Wartenden so viel Vertrauen entgegenbringen, dass sie ein Auge auf seinen fahrbaren Untersatz werfen, solange er seinen Einkauf tätigt.

Offensichtlich hat er bereits einige schlechte Erfahrungen mit seinen Mitmenschen gemacht, als dass er dies riskieren will. Nimmt er das Skateboard jedoch unter dem Arm in den Verkaufsraum oder fährt gar auf ihm hinein, riskiert er eine Zurechtweisung durch die Verkäuferinnen. Auch dies will er offensichtlich nicht riskieren. Daher entscheidet er sich für die Lösung im vergleichsweise sicheren Niemandsland: das Anlehnen des Skateboards an den Türrahmen. So haben seine Mitmenschen auch mehr davon und bleiben selbst in Bewegung. Nach dem Einkaufen besteigt der Kunde schließlich sein Skateboard und surft entspannt davon.

13. Keiner will raus

Mein Weg zum Bäcker startet heute mit einem Hindernis anderer Art. Neue liebe Nachbarn ziehen in unser Haus ein, damit auch jeder etwas am Samstagmorgen davon hat, natürlich ohne vorherigen Warnhinweis am Eingang. Dabei hat sich dort in letzter Zeit schon ein beachtliches »Schwarzes Brett« angesammelt: »Suche 2-Zimmer-Wohnung, biete 3-Zimmer-Wohnung«, »Suche Parkplatz«, »Biete Parkplatz«, »Suche mein Fahrrad« etc. Nach gefühlt 15 Minuten Wartezeit quetsche ich mich in den mit Kisten, Snowboard und Autofußmatten bis zur Decke gut gefüllten Aufzug und schaffe es, das Haus zu verlassen. Erleichtert komme ich beim Bäcker an und traue meinen Augen nicht: Es gibt keine Warteschlange, und als ich vorsichtig in den Verkaufsraum luge, sehe ich auch drinnen keinen einzigen Kunden. Eine Verkäuferin ist mit Sortierarbeiten beschäftigt. Freudig überrascht begrüße ich sie fröhlich:

»Bei Ihnen ist es aber schön ruhig heute!« Offensichtlich ebenso überrascht von meinem Hinweis antwortet sie: »Es regnet doch. Da will keiner raus. Ich würde da auch nicht rausgehen!« Etwas verlegen schaue ich nach draußen, vielleicht ist mir ja der Weltuntergang entgangen auf meinem Weg zum Bäcker, auch weil ich möglicherweise noch zu sehr mit der Verarbeitung des Umzugsschocks beschäftigt war. Nein, ich hatte mich doch richtig erinnert: Das Wetter ist heute, was man auf der grünen Insel Irland so schön als »boiling rain« bezeichnet: Die Sonne scheint bei leichtem Nieselregen.

Mir soll es recht sein, wenn bei so einem »Sauwetter« niemand vor die Tür will. Zudem hatte ich nach Lektüre des morgendlichen Wetterberichts vorsichtshalber meinen Schirm mitgenommen – üblicherweise die beste Garantie dafür, dass es dann nicht regnet, völlig abgesichert sozusagen. Gut gelaunt laufe ich nach Hause und entscheide, gleich noch etwas für meine Fitness zu tun, indem ich statt wieder 15 Minuten auf den Aufzug zu warten, gleich die Treppe benutze. Fröhlich klettere ich an den Spediteuren und den neuen lieben Nachbarn vorbei über alle Hindernisse im Treppenhaus und freue mich auf mein leckeres Belohnungsfrühstück.

14. Ich bin dann mal weg

Heute Morgen schüttet es. Mein Vater hätte früher gesagt: »Da jagt man keinen Hund vor die Tür.« Trotzdem sehe ich vor der Bäckerei einen Mops, der an einen Pfosten angebunden ist, während Frauchen drinnen im Trockenen und Warmen einkauft. Der arme Kerl schüttelt und windet sich; offensichtlich gefällt es ihm hier gar nicht. Er hat jedoch Glück, dass sein Frauchen dies offenbar genauso sieht. Als sie herauskommt, begrüßt sie zwei offensichtliche Bekannte in der Warteschlange mit der Ankündigung: »Ich gehe bis zum 31. Oktober nach Malaga. Ich brauche eine Auszeit von hier.«

15. Irgendwas mit »M«

Die Verkäuferin fragt mich, was ich gern hätte. Routiniert antworte ich ihr: »Zwei Kürbis, zwei Mohn, zwei Pain au chocolat, bitte« und helfe auch gleich bei der Auswahl der richtigen Tüte mit dem Ergebnis »somit sechs Teile insgesamt«. Als die Tüte gefüllt ist, steht als zweiter Arbeitsschritt das Bezahlen an. Jedes Teil muss manuell von der Verkäuferin in eine Kasse eingetippt werden. Dies ist regelmäßig eine gute Konzentrationsübung, muss man sich doch korrekt erinnern, was man einige Sekunden vorher in die Tüte hineingetan hat. Die Verkäuferin fängt mit der Aufzählung an: »Zwei Kürbis, zwei Mehrkorn, zwei Pain au chocolat«. Nicht zuletzt auch um keine Enttäuschung am heimischen Frühstückstisch zu riskieren, unterbreche ich sie freundlich, aber bestimmt, um doch bitte noch einmal zu prüfen, ob der Inhalt oder die Eingabe in die Kasse falsch war. Letztlich gewann Mohn gegen Mehrkorn, und ich hatte die richtige Tüte und auch noch den richtigen Betrag bezahlt.

16. Wie früher in der DDR

Heute ist herrliches Spätsommerwetter. Zudem spielt Deutschland heute Abend gegen Armenien in der WM-Qualifikation. Der Deal in den Familien scheint heute zu lauten: Die Männer dürfen sich heute Abend das Spiel im Fernsehen ansehen, müssen dafür aber heute Morgen die Brötchen holen. Selten so viele hoch motivierte, sportliche Männer im mittleren Alter beim Bäcker gesehen. Die Schlange reicht jedenfalls bis fast zum nächsten Block. Als ein älteres Ehepaar vorbeikommt, sagt sie zu ihm: »Schau mal, wie früher bei uns in der DDR.«

17. »Schießer« unter sich

Hinter mir in der Schlange stehen Vater und Sohn im Grundschulalter. Der Sohn erzählt begeistert von seinem Hockeytraining: »Der Schießer ...« Der Vater antwortet gelangweilt: »Das weiß ich doch alles. Außerdem heißt es nicht Schießer, sondern Schütze.« Dafür begrüßt er freudig einen Bekannten, als dieser aus der Bäckerei kommt und er die Hockey-Fachsimpelei nun endlich auf Erwachsenen-Niveau führen kann: »Hab dem Trainer beim letzten Stammtisch gesagt, dass er einfach zwei ehemalige Nationalspieler einkaufen soll, die würden immer noch einen Unterschied machen ...«

18. Parken lernen vom Taxifahrer

Auf den Parkplatz vor der Bäckerei rollt ein Taxi. Während es etwas weiter entfernt noch mehrere freie Plätze gibt, ist dies in der ersten Reihe vor dem Eingang zur Bäckerei nur noch auf zwei Behindertenparkplätzen der Fall. Auf die will sich der Taxifahrer natürlich trotz offensichtlicher Bewegungsfaulheit nicht stellen. Etwas zögerlich fährt er daher seinen Wagen einfach auf den die beiden Behindertenparkplätze trennenden Fußweg vor und parkt dort. Wird schon kein Rollstuhl oder Kinderwagen kommen, wenn der Taxifahrer Brötchen holen möchte.

19. Hoher Besuch

Passend zum Herbstanfang ist heute schlechtes Wetter angesagt. Keiner traut sich offenbar vor die Tür, und so bin ich der einzige Kunde beim Bäcker. Schade, der Laden hätte heute wirklich mehr Kunden verdient. Es ist nämlich hoher Besuch da: Ein junger Mann im sportlichen Polohemd, gelebte Diversität sozusagen und offensichtlich aus der Zentrale kommend, schaut heute mal nach dem Rechten. Mein Einkaufserlebnis bei der Bedienung ist dann auch von der Begrüßung bis zum Bezahlen rundum perfekt. Ich hoffe, er kommt öfter vorbei, und seine Tournee-Termine sprechen sich dann nicht zu schnell rum – nicht dass die Schlange dann auch bei Regen wieder länger wird.

20. Hauptsache, die Statistik stimmt

Wundere mich, wieso ich heute nur einen Kunden in der Bäckerei bestellen höre, obwohl zwei gleichzeitig erlaubt sind. Vielleicht bedient nur eine Verkäuferin, und eine ist kurzfristig erkrankt? Als ich nach ihm reindarf, sehe ich allerdings tatsächlich zwei Verkäuferinnen und spreche eine der beiden erfreut an. Als Antwort erhalte ich ein »Das macht die Kollegin.«

Während ich wie befohlen handle, beobachte ich neugierig aus dem Augenwinkel, was denn die erste Kollegin so Wichtiges und Dringendes zu erledigen hat, dass sie trotz der Schlange vor der Bäckerei während der samstägigen Rushhour keine Zeit für Kunden hat. Tief gebeugt ist sie in das Studium von Papier vertieft und geht immer wieder zu den Regalen, um Brötchen zu zählen. Ich komme etwas ins Grübeln, warum die Inventur im Jahr 2021 so manuell verläuft, zumal sich die Bestände ja minütlich verändern, je nachdem, welche Brötchen die Kollegin gerade verkauft. Ergäbe sich der aktuelle Bestand nicht einfach als die morgendliche Anlieferung der jeweiligen frischen Brötchen zuzüglich ggf. noch verkäuflicher Altbestände vom Vortag und abzüglich der heute bereits erfolgten Verkäufe ausweislich des (hoffentlich) intelligenten Kassensystems?

21. Ja, mir san mit'm Radl da

Herrliches Herbstwetter, und alle treffen sich beim Bäcker: Die Schlange reicht bis zum nächsten Straßenblock. Etwas weiter vor mir steht eine Frau mit zwei kleinen Kindern – und einem Kinderfahrrad. Als sie in den Laden darf, nimmt sie die Kinder an die Hände und das Kinderrad unter den Arm. Beim Bezahlen wird das vorhersehbar etwas komplizierter, und so nestelt sie eine gefühlte Ewigkeit in ihrer Handtasche mit dem Kinderrad in der Armbeuge. Erinnert mich an eine Beobachtung, die ich immer häufiger mache: Fahrräder werden anscheinend nicht mehr gefahren, und Hunde laufen nicht mehr selbstständig, sondern werden von Herrchen oder Frauchen in Körbchen getragen, manchmal auch noch auf dem Fahrrad.

22. Farbenlehre

Lustigerweise habe ich heute nicht nur vor, sondern auch hinter mir eine Frau mit zwei kleinen Kindern. Zuerst gilt es, das Kopfhörerproblem des ersten Kindes zu lösen: »Die blöden Kopfhörer passen nicht«, »Du hast noch zu kleine Ohren. Du hättest die von Lisa nehmen sollen.« Danach steht für das andere Kind Farbenlehre auf dem Tagesprogramm. Es muss die Farben von Gegenständen erraten, was dann bei richtiger Antwort von der Mutter jeweils frenetisch bejubelt wird. Da ich leider meine Kopfhörer nicht dabeihabe, versuche ich, aus der Not eine Tugend zu machen: Ich entscheide mich spontan zu einem kleinen Auffrischungskurs meiner Spanischkenntnisse und murmle leise vor mich hin: »La camisa es roja«, »Los zapatos son azules.«

23. Gratisbrötchen: Königin der Straße

Super Herbstwetter, Zeit für einen Feierabendspaziergang. Ich gehe den schmalen Fußweg in Richtung meiner Bäckerei entlang. Plötzlich höre ich hinter mir eine energische Frauenstimme rufen: »Darf ich vorbei?! Darf ich vorbei?!« Obwohl als Frage formuliert, klingt es eher wie ein Befehl. Leicht erschrocken drehe ich mich um und sehe eine Radfahrerin sich mir auf dem Gehweg mit schnellem Tempo nähern. Ich beschließe, ihre Frage als Frage zu verstehen, und antworte mit einem Gegenvorschlag, dass es doch viel leichter für uns beide sei, wenn sie einfach die toll ausgebaute Radspur nehmen würde, statt den Gehweg entlang zu brettern und Fußgänger aufzuscheuchen. Ihre Antwort daraufhin: »Ich muss vorne links abbiegen.« Auch mein Hinweis, dass es auch auf der Gegenseite eine Radspur gebe, scheint sie nicht weiter zu beeindrucken. Ich überlege mir für eine Sekunde mit Schaudern, wie es demnächst als Steigerung wohl sein wird, wenn erst einmal hochsubventionierte Monster-Lastenräder anfangen werden, Gehwege auf der Gegenspur zu befahren, wenn sie »vorne links abbiegen« wollen.

Überhaupt scheinen Radspuren eigentlich vermehrt nur noch von Fahrradanfängern benutzt zu werden, während die cooleren und sportlicheren Fahrer*innen lieber gleich den Gehweg benutzen. In der ersten Kategorie sah ich neulich einen etwas beleibteren Amerikaner, der in der Radspur das Freihändigfahren und sich dabei rückwärts mit der Freundin unterhalten übte, was je nach Perspektive leider oder zum Glück ein Stück vor mir kopfüber auf dem Fußweg endete.

Ein paar Wochen später begegne ich der gleichen Radfahrerin wieder. Sie hat es zwar immer noch eilig, schiebt nun aber brav ihr Fahrrad auf dem Gehweg. Freundlich lächelnd lasse ich sie vorbei.

24. Keine Sesamstraße

Vor mir stürzt ein Mann in die Bäckerei. Da sonst kein weiterer Kunde im Laden ist, darf ich auch gleich mit rein. Er hat nur eine Frage: »Haben Sie Sesambrötchen?« Mit Bedauern verneint die Verkäuferin, denn sie seien heute alle schon ausverkauft. Der Mann fragt daraufhin offensichtlich völlig fassungslos: »Was haben Sie denn dann überhaupt?« Ich sehe auf die durchaus beachtliche Auswahl an alternativen Backwaren und frage mich, ob die Sesamstraße heute Geburtstag hat. Muss ich gleich mal googeln.

25. Sie werden bedient

Da wir zwei Kunden und zwei Verkäuferinnen im Laden sind, freue ich mich darauf, heute gleich bedient zu werden. Als ich zu meiner Bestellung ansetze, werde ich jedoch erst mal abgebremst: »Sie werden bedient.« Ich denke kurz über den Satz nach, aber er ergibt auch trotz Nachdenkens für mich keinen Sinn, denn am Bedienen scheint es ja gerade zu fehlen. Während ich also darauf warte, dass die andere, derzeit noch mit einem Kunden beschäftigte Verkäuferin Zeit für mich hat, beobachte ich, was »meine« Verkäuferin davon abhält, sich um Kunden zu kümmern. Sie sortiert und zählt mit großem Enthusiasmus Cent-Münzen. Ich überlege kurz, ob sie vielleicht von der benachbarten, kürzlich dichtgemachten Sparkassenfiliale zur Bäckerei gewechselt ist und ihr Tätigkeitsprofil nur noch nicht aktualisiert wurde.

26. Gastbeitrag: (Kein) Tag der Deutschen Einheit

Hurra, es ist Tag der Deutschen Einheit, und ich habe Pause! Die Bäckerei ist heute trotz Feiertag kurz geöffnet und meine – irische – Frau bot netterweise an, heute die Brötchen zu holen, damit ich an diesem für einen Deutschen besonderen Tag ausschlafen kann. Es ist immer noch dunkel, als sie bei der Bäckerei eintrifft. Genauer gesagt vor der Bäckerei, denn sie ist noch nicht offen. Die Eingangstür ist zwar schon geöffnet, aber mit einem Stapel von Brotkisten blockiert, damit niemand es wagt, vor der offiziellen Öffnungszeit einzutreten.

Drei Männer sind bereits rund um die Tür versammelt und warten auf Einlass: zwei ältere und ein jüngerer. Einen der beiden Älteren kennt meine Frau bereits. Er fährt einen kleinen, grauen Mercedes und versucht als Morgensport, jeden Tag als Erster in die Bäckerei zu stürmen, sobald die Tür sich öffnet. Während »Mercedes-Mann« noch warten muss, beschwert er sich heute bei dem anderen Älteren heftig über den Zustand des Landes. Der andere Ältere sagt aber nur »Wir haben gewählt.« Endlich öffnet sich die Tür, und es kann losgehen. Der andere Ältere geht hinein, woraufhin »Mercedes-Mann« ihn ermahnt, dass der jüngere Mann zuerst da gewesen sei, was den anderen Älteren aber nur zu der Ausrede veranlasst, dass er hier neu sei. »Mercedes-Mann« ist natürlich auch heute nicht zu stoppen, schnellstmöglich hineinzukommen, sodass der jüngere Mann das Nachsehen hat und weiter draußen warten muss. Als Dank für seine Geduld wird er dann auch noch vom anderen Älteren angeblafft, als dieser aus der Bäckerei kommt: »Welches Blut haben Sie in sich? Lassen Sie mich Ihnen direkt in die Augen schauen. Sie kommen bestimmt aus dem Balkan.« Der Jüngere bemüht sich, sachlich zu bleiben und ihm zu antworten und realisiert dabei, dass er »mal wieder zu viel gequatscht hat«, denn er hat zwischenzeitlich erneut seine Position in der Warteschlange verloren, als andere Kunden während seiner Ablenkung an ihm vorbeizogen.

Auch meine Frau sah der andere Ältere aus den Augenwinkeln an, wagte aber nicht, ihr direkt in die Augen zu sehen. Endlich konnte sie ungestört ihren Einkauf erledigen und die Feiertags-Brötchen in den Händen halten.

27. Zwangsdiät

Trotz oder wegen herrlichen Herbstwetters ist heute nicht viel los in der Bäckerei. Ein Kunde ist bereits im Laden und bezahlt gerade. Seine Verkäuferin ist sehr eifrig und winkt mich herein, obwohl mich auch ihre Kollegin hätte bedienen können. Brav sage ich meine Bestellung auf. Es fängt nicht gut an: Es gibt heute keine Kürbiskernbrötchen, und so muss ich auf Mehrkornbrötchen ausweichen. Gerade als ich als Nächstes Mohnbrötchen bestelle, meldet sich noch einmal der letzte Kunde dazwischen und fragt seine bzw. inzwischen ja eigentlich *meine* Verkäuferin: »Wo sind meine Käsebrötchen?« Schuldbewusst senkt die Verkäuferin den Kopf und gibt zu, dass sie sie vergessen hätte, sie sie ihm nun aber sofort geben würde. Mich und die Fortsetzung meiner Bestellung übergibt sie jetzt doch lieber im fliegenden Wechsel an ihre Kollegin. Ich schließe daher die Bestellung mit meiner »neuen« Verkäuferin ab und wundere mich schon beim Bezahlen, warum die Tüte leichter und die Rechnung niedriger ist als erwartet. Tatsächlich, die Mohnbrötchen fehlen!

Die erste Verkäuferin hatte sie, offensichtlich abgelenkt durch die erneute Unterbrechung ihres letzten Kunden, gar nicht mehr eingepackt. Nun habe ich zwei Möglichkeiten: Entweder, ich rufe analog zum letzten Kunden: »Wo sind meine Mohnbrötchen?« Oder ich betrachte es als schicksalhaftes Zeichen von Nektar und Ambrosia, dass ich heute vielleicht weniger frühstücken sollte, um heute Abend ausreichend Appetit für das geplante

Abendessen bei unserem Lieblingsgriechen zu haben. Ich entscheide mich für die zweite Variante.

28. Neue Zeitrechnung

Meine Bäckerei expandiert! Wo sich bis vor einem Jahr eine Sparkasse befunden hatte, wird in wenigen Tagen meine Bäckerei einziehen und dann auch endlich die verdiente größere Verkaufsfläche haben. Und das in unmittelbarer Nachbarschaft zum bisherigen Standort.

Brötchen statt Geldautomat sozusagen. Ich kann es kaum erwarten, bis es losgeht. Die Bäckerei selbst offensichtlich auch nicht: Auf Werbeplakaten an der Eingangstür ihres neuen Geschäftes kündigt sie euphorisch an: »Eröffnung Ende Oktober 2021«, gefolgt von einer freudestrahlenden Sprechblase »Bis morgen!« Sicherheitshalber checke ich noch mal schnell die Datumsanzeige auf meiner Uhr. Der Oktober ging ja schnell rum. Erleichtert stelle ich fest, dass es ganz so schnell denn doch nicht geht, aber etwas Ambition ist bei Großprojekten ja auch nicht schlecht. Wird schon nicht BER oder Stuttgart 21 werden.

29. Aufgebrezelt

Mein Pain au chocolat bekommt heute von der Bäckerei eine Sondertüte. Gesponsert von einem namhaften Telekommunikationsunternehmen. Eine Frage an mich ist auf der Tüte auch gleich mit dabei: »Wollen Sie Ihr Internet aufbrezeln?« Halte kurz inne, denke darüber nach und beantworte die Frage für mich mit »Nein«. Zum einen möchte ich nicht, dass sich mein Pain au chocolat, auf das ich mich so gefreut habe, in eine Brezel verwandelt. Zum anderen würde es mir persönlich völlig genügen, wenn das Internet überall in Deutschland ohne weiße Flecken funktionierte, und das mit akzeptabler Übertragungsgeschwindigkeit. Damit wäre mein Bedürfnis an diese Grundversorgung und diesbezügliche Erwartung an unsere künftige neue Bundesregierung bereits gestillt. Extra hübsch zu machen, braucht sich das Internet dafür meinetwegen nicht, auch nicht als Brezel.

30. Wie ein König

Es ist so weit. Meine Bäckerei ist umgezogen, die neue Filiale ist eröffnet. Feierlich marschiere ich in den Laden, auch weil außer mir kein anderer Kunde zu sehen ist. Trotz hervorragender Beschilderung scheint sonst noch niemand den Weg in das neue Geschäft »um die Ecke« gefunden zu haben. Kurz sehe ich mich um und bin ganz begeistert. Es ist richtig schön geworden, mehr Platz, modernes Design und gleich vier Mitarbeiter*innen, die mich freundlich und erwartungsvoll ansehen. Auch die Diversität ist perfekt geworden: zwei weibliche, zwei männliche Bedienungen. Die beiden Verkäuferinnen sind in der Mitte platziert, eingerahmt von den beiden Verkäufern. Ich weiß gar nicht, wer als Nächster an der Reihe ist, mich zu bedienen. Galant lässt einer der Verkäufer mit einer Handbewegung einer Kollegin den Vortritt, um mich zu bedienen. Ich fühle mich heute wie ein König – hoffentlich hält dieses Hochgefühl auch morgen noch an beim ersten wirklichen Test für den neuen Laden nach der Eröffnung – dem ersten Sonntagsverkauf.

31. Welchen Code haben »Bethmännchen«?

Der erste Sonntagsbesuch in meiner Bäckerei nach der Neueröffnung. Freudig begrüßen mich bunte Luftballons am Eingang – und eine neue Schlangenformation. Ich lerne, Menschenschlangen verlaufen grundsätzlich geradeaus, nie ums Eck. Auch wenn, wie in diesem Fall, dies bedeutet, dass die Schlange nicht wie bisher sinnigerweise den Gehweg entlang verläuft, sondern jetzt den Parkplatz entlang. Zum Glück hat der tolle wettermäßige Oktoberausklang heute oder die Vorbereitung auf Halloween wohl den einen oder die andere vom Bäckereibesuch abgehalten. Wenn's mal voller wird, kann das auf dem Parkplatz lustig bzw. gefährlich werden.

Als ich endlich in die Bäckerei blicken kann, sehe ich, dass es zugeht wie auf dem Jahrmarkt. Allerdings befürchte ich, dass dieses Phänomen die feierliche Eröffnung überdauern dürfte. Fünf Verkäufer*innen und fünf Kund*innen stehen und brüllen kreuz und quer verteilt entlang der Theke. Zudem gibt es nur zwei Kassen. Die paarweise Anordnung von »Verkäufer*in trifft Kund*in« gestaltet sich daher schwierig. Vor mir hüpft eine Kundin in bei 18 Grad fürchterlich warm aussehenden Winterstiefeln ganz ungeduldig auf einem Bein und bestellt nach und nach jeweils von gefühlt allem ein Teilchen. Als dieser Prozess abgeschlossen ist und sie den Laden tütenüberhäuft verlässt, darf ich rein. Denke ich zumindest, denn »meine« Verkäuferin rennt nun plötzlich auf die andere Seite der Theke.

Geduldig warte ich, bis von den fünf Möglichkeiten eine Verkäuferin für mich Zeit hat. Ich bestelle meine übliche Brötchenauswahl und erblicke dabei freudestrahlend auf der Theke einen Korb mit »Bethmännchen«. Diese sind für mich, was für andere Dresdner Stollen ist, seit meiner Kindheit der Vorbote schlechthin, dass die Weihnachtszeit naht. Gestern waren sie noch nicht da, müssen also ganz frisch und neu sein. Offensichtlich auch für meine Verkäuferin, denn verzweifelt fragt sie ihre Kolleg*innen, was denn der Code für die »Bethmännchen« sei. Ihr konnte geholfen werden, und so trage ich glücklich und zufrieden in Vorfreude auf die Leckerei meine »Bethmännchen« nach Hause.

32. Rollendes Café

Es ist Sonntag, und ich reihe mich in die lange Schlange beim Bäcker ein. Meine Freude anlässlich der üppigen Personalausstattung bei der Neueröffnung hat leider nicht lange angehalten. Statt fünf Verkäufer*innen gibt es nun nur wieder zwei. Die männlichen Verkäufer haben sich offenbar schon wieder verabschiedet. Während ich warte, sehe ich in der Bäckerei zwei Mütter mit drei Kindern, alle ungefähr im gleichen Alter, die auf dem Boden herumtollen. Eine der Mütter zuckt mit den Schultern als entschuldigendes Zeichen zu der Verkäuferin »Kinder eben«, und die Verkäuferin zuckt mit den Schultern zurück »Kinder eben«.

Als die Mütter ihre Einkäufe beendet haben, stehen die Kinder auf, rennen aus dem Geschäft und springen erwartungsvoll in ihre jeweils vor der Bäckerei geparkten Kinderwagen. Endlich kommen auch ihre privaten Bedienungen hinterher und servieren ihnen ihre Berliner.

33. Kann ich bitte auch so ne Plastiktüte haben?

Es ist vollbracht. Nach 22 Überstunden haben 197 Staaten die Abschlusserklärung der UN-Klimakonferenz COP26 in Glasgow unterzeichnet. Dass es von Abschlusserklärungen »der Politiker« im fernen Glasgow zur praktischen Umsetzung im konkreten Alltag vor Ort ein weiter Weg ist, stelle ich am nächsten Morgen beim Bäcker fest. Ein Kunde im mittleren Alter bittet die Verkäuferin, seine drei kleinen Papiertüten in eine praktische, durchsichtige Tragetüte aus Plastik zu stecken. Sein kleiner Wauwau ist ganz begeistert und bellt lautstark, wobei unklar ist, ob seine Begeisterung der Plastiktüte oder deren Inhalt gilt. Jedenfalls hat die Plastiktüte nun volle Aufmerksamkeit der umstehenden Kunden, und es dauert nicht lange, bis der nächste – ebenfalls männliche – Kunde sagt: »Kann ich bitte auch so ne Plastiktüte haben?« 2030 ist ja noch so weit weg, statt »Die Zukunft beginnt heute«.

34. Auf ein Neues

An der Eingangstür der ehemaligen Wirkungsstätte meiner Bäckerei hängt ein Schild. Der Laden ist zu vermieten, und die Kontaktdaten des Eigentümers sind angegeben. Bin schon gespannt, wer oder was einziehen wird. Für die perfekte Infrastruktur in der Nähe fehlt eigentlich nur noch eine Reinigung oder ein Schuhmacher. Mal sehen, ob diese – zugegeben persönliche – Nachfrage auch auf ein entsprechendes Angebot stößt.

Nachtrag: Es wurde schließlich ein Blumenladen, so hatte zumindest meine Frau Grund zur Freude.

35. Frühstück all day

Das bisher wohlgehütete Geheimnis ist gelüftet. Nach einem Monat »trial and error« seit der Neueröffnung hängen die endgültigen Öffnungszeiten der Bäckerei hübsch gedruckt neben der Eingangstür des neuen Ladens. Die Vorgängerin machte sonntags bereits um 11:30 Uhr zu, nun ist er – jeden Tag – bis 18:00 Uhr geöffnet. Ich hoffe sehr, dass das neue Angebot den ein oder anderen dazu verlockt, gemütlich und ganz in Ruhe ein späteres Frühstück einzunehmen. Schließlich ist keiner mehr gezwungen, sich bei Wind und Wetter bereits am Sonntagmorgen auf den Weg zur Bäckerei zu machen. Heute ist schon mal ein guter Tag; es sind nur wenige Kunden vor mir.

36. Qual der Wahl

Habe heute spontan Lust auf Kuchen zum Nachmittagstee. Also mache ich mich schnell auf den Weg zum Bäcker. Ich habe Glück – so denke ich zumindest, knapp vor mir geht ein einziger anderer Kunde in den Laden. Als er – mitten in der Corona-Hochphase ohne auf jeden sozialen Abstand zu achten – die Theke rauf- und runtertigert, ahne ich schon, dass dieser Bestellvorgang kein leichter wird. Aus irgendeinem Grund muss ich an meine damalige Fahrlehrerin denken, die mich immer gewarnt hatte, Abstand zu halten, wenn ich im Auto vor mir auf der Ablage der Rückbank entweder einen echten Hut oder einen gehäkelten Toilettenpapierhut sehe. Dies hat mich im Leben schon vor mehreren Auffahrunfällen bewahrt.

Als Erstes versucht der Kunde, einen Kaffee zum Verzehr vor Ort zu bestellen und gibt hierfür als Größenspezifikation an, dass er »einen kleinen Großen« möchte. Die Verkäuferin reagiert zunächst sprachlos, fragt dann aber nach, ob ein kleiner oder ein großer Kaffee gewünscht sei. Der Kunde insistiert jedoch auf einem »kleinen Großen«, bis der Verkäuferin ein Licht aufgeht, dass vielleicht ein »mittlerer« gemeint sein könnte, was sich tatsächlich als die Lösung erweist.

Zum Kaffee gehört natürlich noch etwas Gebäck, und der Kunde äußert Interesse an den Krapfen. Ohne ersichtlichen Grund nimmt er an, dass alle mit Erdbeermus gefüllt sein könnten, was die Verkäuferin verneint. Tatsächlich gilt es auch hier wieder, schwierige Entscheidungen zu treffen, denn sie hat neben Erdbeerfüllung auch Pflaumen, Himbeere und Schokolade im Angebot. Der Kunde entscheidet sich schließlich für »drei von denen da«. Nachdem noch zwei Sesambrötchen hinzukamen, fragt die Verkäuferin – nach insgesamt gut und gerne fünf Minuten Bestellvorgang und sichtlich etwas genervt, auch angesichts der sich zwischenzeitlich gebildeten Kundenschlange –, ob dies nun alles sei, worauf der Kunde antwortet: »Für heute ja.« Bei dieser Drohung ist klar: Fortsetzung folgt.

37. Das Café ist offen

Mit der Neueröffnung verfügt die Bäckerei auch über ein gemütliches Café. Grundsätzlich eine feine Sache. Als ich heute vor Ort eintreffe, wundere ich mich über die lange Schlange – und das bei strömendem Regen. Als ich endlich Corona-gerecht in den Verkaufsraum darf, erkenne ich den Grund, warum es heute so schleppend läuft. Beide Verkäuferinnen sind voll und ganz damit beschäftigt, am separaten Bestellcounter in einer gemeinsamen Anstrengung eine Kundin zu bedienen, die im Café frühstücken möchte und haben null Zeit für profane Kunden, die einfach nur Brötchen kaufen wollen.

An der Glasscheibe ist farbenfroh geschrieben »Rührei oder Spiegelei«. Dies inspiriert die Kundin offensichtlich und bringt sie auf die Idee, nachzufragen, ob sie stattdessen vielleicht auch ein gekochtes Ei haben könnte. Verkäuferin A leitet die Frage an B weiter. B glaubt, dass dies möglich sei. Rückmeldung an die Kundin durch A und deren Folgefrage, was das denn koste. A fragt wieder B und bekommt als Antwort, dass dies wohl EUR 1,20 sei, und die Kundin antwortet A, dass dieser Betrag in ihrem geplanten Budget noch drin sei. Nun beginnt die operative Umsetzung des gekochten Eies, jedoch nicht mit dem Kochen des Wassers, sondern erst noch mit der Eingabe in die Kasse. A fragt daher B, ob sie wisse, wie man ein gekochtes Ei in die Kasse eingäbe, und erhält als Antwort, dass dies wohl unter Sonderartikeln stünde.

Anschließend wendet sich das Verkäuferinnenteam der nächsten Übung im Frühstücksparcours zu, der Bedienung der Kaffeemaschine. B fragt A, welche Taste sie drücken müsse für einen Milchkaffee, und A sprintet rüber, um es ihr netterweise persönlich zu zeigen.

Im Verkaufsraum schauen wir Kunden zweiter Klasse uns mittlerweile – seit rund 10 Minuten völlig ignoriert – fragend an, ob es mit der Brötchenbestellung wohl noch vor dem Mittagessen etwas wird. Wir lernen, dass Teamarbeit zwar im Grundsatz menschlich sympathisch ist, aber eine Spezialisierung bei Aufgaben und Kenntnissen auch ihre Vorteile hat, wenn man zwei Mitarbeiter*innen auf zwei Arbeitsposten (Verkaufsraum und Café) zu verteilen hat.

38. Newbies on the Block

Heute ist der 2. Advent, und wie zu erwarten gibt es eine lange Schlange beim Bäcker. Ein Paar – offensichtlich Erstbesucher – stellt sich am Ende an und betrachtet sichtlich verwundert die Länge der Schlange. Nach einer Weile zähen Wartens fragt der Mann den vor ihm Wartenden, ob man hier immer so lange warten müsse. Als Antwort erhält er ein zutreffendes »Sonntags schon«. Zum einen ist die Wartezeit ein Ausdruck, dass die Güte der Backwaren das Warten lohnt. Zum anderen hat die Bäckerei aber auch ein lokales Monopol, denn sämtliche andere Bäckereien in der Gegend haben sonntags geschlossen. Erfolg hat eben auf die Dauer nur der Tüchtige, auch wenn dies für die Kunden mit einer längeren Wartezeit einhergeht.

39. Dem Nachwuchs eine Chance

Die Bäckerei beeindruckt mich heute durch Diversität – mal nicht nur beim Geschlecht, sondern auch beim Alter. Ich werde von einem Verkäufer bedient, der vermutlich noch nicht einmal 18 Jahre alt ist. Begrüßt werde ich sofort mit einem schmissigen »Was darf's sein?« Der gesamte Bestellvorgang einschließlich Kartenzahlung bis zum »Einen schönen Tag noch. Tschüss. Der Nächste bitte« dauert gerade einmal rund 30 Sekunden. Alles hoch professionell und ganz ohne das sonst leider so häufige »Jaaaaa«, »Ich bin gleich bei Ihnen«, »Ich habe Sie nicht verstanden«, »Was war das noch mal?« Der junge Mann könnte auch locker bei »Subway« an der Wall Street während der Mittagszeit überleben. Bei so viel Elan, Freundlichkeit und Kundenorientierung braucht man sich um den Nachwuchs wirklich keine Sorgen zu machen, denke ich mir, als ich zufrieden nach Hause gehe.

40. Ehrenrunde am Nikolaustag

Habe heute nach meinem Nachmittagsspaziergang plötzlich Heißhunger auf Kuchen. Meine Bäckerei befindet sich aber auf der »falschen« Seite auf meinem Nachhauseweg, und so überlege ich, wie ich am schnellsten mein Lustgefühl stillen kann. Mir fällt ein, dass es in der Nähe eine andere Bäckerei gibt. Ich will ihr daher einmal eine Chance geben. Als ich mich ihr nähere, wundere ich mich schon, dass ich kein Licht brennen sehe. Als ich näherkomme, sehe ich, dass es auch keine Auslage gibt und die Bäckerei geschlossen hat. Und das um gerade einmal 16:30 Uhr.

Reumütig mache ich mich auf den Weg, noch eine Extrarunde zu drehen, um zu meiner »üblichen« Bäckerei zu gehen. Dort brennt noch Licht, und eine schöne Auswahl an Kuchen erwartet mich. Zumindest habe ich mich nun genug bewegt, um meinen Kuchen ohne schlechtes Gewissen genießen zu können. Und ich habe auch noch die Lektion gelernt, dass Untreue am Nikolaustag bestraft wird.

41. Wo sind die Kürbiskerne?

Ich gebe meine Bestellung bei einer offenbar neuen Verkäuferin auf: »Zweimal Kürbiskern, zweimal Mohn, zweimal Buttercroissant, bitte.« Nach etwas Suchen packt sie zunächst die Mohnbrötchen in die Tüte. Dies war anscheinend der einfache Teil. Dann kommt jedoch plötzlich ihre Nachfrage: »Was war das andere noch mal?« Ich wiederhole daher zunächst die Kürbiskernbrötchen. Sie zeigt auf die Auslage und sagt: »Das sind die hier.« Verwundert reibe ich mir sicherheitshalber noch mal die Augen, aber diese Brötchen haben immer noch keine Kürbiskerne und sehen mir zudem auch wie die bekannten schnöden Wasserbrötchen aus. Die Verkäuferin versucht, mir zu erklären, dass diese aus Kürbiskern gemacht seien. Ich antworte ihr daraufhin, dass ich hiervon nicht überzeugt sei und zudem in jedem Fall die Brötchen bevorzuge und wie auch schon mehrmals hier eingekauft, bei denen die Kürbiskerne so schön knusprig außen angebracht sind. Darauf dreht sie sich um und zeigt in einen Korb hinter sich: »Dann hätten wir noch die hier.«

Voilà! So kamen wir nach schwerwiegenden Kürbiskern-Verhandlungen doch noch zusammen, und ich konnte zu Hause herzhaft in mein knuspriges Kürbiskernbrötchen beißen, ganz ohne schnöden Wassergeschmack.

42. Smartes Parken

Der Parkplatz vor der Bäckerei ist am 3. Advent bis auf den letzten Platz gefüllt. Na ja, fast. Für einen Smart findet sich immer noch eine Lösung – jedenfalls aus Sicht des Besitzers. So traue ich meinen Augen nicht, als ich tatsächlich einen Smart halb auf einem Behindertenparkplatz und halb auf dem Gehweg parken sehe. Der Besitzer ging offensichtlich davon aus, dass ein Behindertenfahrzeug oder ein Rollstuhl immer noch irgendwie an ihm vorbeikäme, während er seine Brötchen holt. Man merke, dass ein Smart nichts über die (emotionale) Intelligenz des Besitzers aussagen muss.

43. Codewort Mama

Vor der Bäckerei hat sich eine lange Schlange einge-funden – trotz eisigem Wind. Plötzlich kommt vergnügt ein ca. 8-jähriger Junge mit einem Stück Papier in der Hand und fragt den ersten in der Schlange Wartenden: »Ich habe eine Liste von meiner Mama. Darf ich vorbei?« Noch ehe der verdutzte Mann antworten kann, ist der Junge schon in der Bäckerei verschwunden. Der Trick der Familie hat so gut funktioniert, dass mich nicht erstaunen würde, wenn wir in einigen Monaten einen sprunghaften Anstieg der Geburtenrate in der Nachbar-schaft feststellen würden.

44. Autoren unter sich

Meine Croissants bekommen heute eine ganz besondere Tüte. Meine Bäckerei macht Werbung für den Roman »Der süße Himmel der Schwestern Lindholm« von Andrea Russo. Euphorisch bewirbt der Text auf der Tüte das Buch als »Der Duft von Zimt, das Meer, die Liebe und bewegte Zeiten«. Drei der vier Punkte kann ich sofort unterschreiben, nur mit dem Meer tue ich mich in Frankfurt etwas schwer.

Als ich die Werbung weiterlese, kommt die Auflösung des Rätsels. Es geht gar nicht um das schönste Café in Frankfurt, sondern ich werde virtuell im schönsten Café Schwedens willkommen geheißen. Eigentlich clever von meiner Bäckerei. Der Umsatzverlust durch Werbung für einen Wettbewerber dürfte sich in Grenzen halten, solange sich dieser in Schweden befindet – zumal in Corona-Zeiten. Trotzdem denke ich mir, dass ich das schöne Schweden auch mal wieder auf meine Reiseliste für die Nach-Corona-Welt nehmen sollte.

Die Werbung betrachte ich auch noch aus einem anderen Grund als Zeichen übersinnlicher Fügung: Wenn meine Bäckerei jetzt schon Werbung für einen Roman macht, vielleicht macht sie dann ja erst recht Werbung für mein Buch, wenn es erst mal fertiggeschrieben ist? Hoch motiviert und in träumerischen Gedanken wiegend, mache ich mich auf den Nachhauseweg.

45. Freedom Day I

Eine Woche lang war ich durch Corona außer Gefecht gesetzt und musste mir die Welt von zu Hause aus ansehen. BioNTech & Co zum Dank glücklicherweise nur mit milden Symptomen. Negativ getestet und symptomfrei darf ich heute wieder vor die Haustür. So gehe ich gleich gut gelaunt zu meinem Bäcker. Endlich sind der Countdown und die sieben harten Tage mit Knäckebrot vorbei und es gibt wieder frische Brötchen und Croissants zum Frühstück. Welch ein tolles Gefühl. Nach Corona lernt man auch die kleinen Freuden des Lebens schätzen.

46. Freedom Day II

Heute entfällt die allgemeine Maskenpflicht in Geschäften. Die Entscheidung, ob man weiter eine Corona-Schutzmaske trägt oder nicht, wird nun in die Eigenverantwortung der mündigen Bürgerin bzw. des mündigen Bürgers gelegt. Manchmal nimmt einem das Geschäft diese schwierige Entscheidung auch weiterhin noch ab, zum Beispiel der Blumenladen um die Ecke, der bereits am Eingang klarstellt, dass man auch heute nur mit Maske reinkommt. Meine Bäckerei gibt keine derartige Hilfestellung. Vergebens sucht man am Eingang eine Handlungsorientierung. Trotzdem tragen alle in der Schlange brav weiterhin eine Maske.

Hinter mir kommt ein junges Pärchen an, beide ohne Maske. Verwundert stellt er fest, dass alle vor ihnen eine Maske tragen: »Ich dachte, Corona wäre ab heute zu Ende.« Nun, angesichts täglicher Infektionszahlen von rund 200.000 Fällen scheint er da etwas fundamental missverstanden zu haben. Zögerlich setzen sich beide ihre Masken auf. Sicher ist sicher. Vielleicht trägt der bekannte deutsche Herdentrieb ja auch etwas zum in diesem Fall positiven sozialen Druck bei, sich auch ganz ohne gesetzlichen Zwang selbst für das Vernünftige zu entscheiden.

47. Nicht die Frischen!

Die Buttercroissants sehen heute wirklich lecker aus: knusprig und goldbraun, genau wie es sein muss. Das denkt sich anscheinend auch meine Verkäuferin. Ich habe sie bisher noch nie in dem Laden gesehen; sie scheint neu zu sein. Freundlich packt sie meine Buttercroissants in die Tüte, hat dabei aber die Rechnung offensichtlich ohne die Wirtin gemacht, in Person der Chefverkäuferin, die hier schon länger arbeitet und offensichtlich für die Aufsicht zuständig ist. Jedenfalls herrscht sie die junge, freundliche Verkäuferin in meiner Gegenwart an, dass sie gefälligst nicht immer die neuen, frischen Buttercroissants nehmen soll, sondern erst mal die alten einpacken soll. Jetzt sehe ich sie auch, in einer Ecke der Theke befinden sich tatsächlich noch rund ein Dutzend kümmerlich verschrumpelte Croissant-ähnliche Teile, die auf ihre alten Tage noch auf einen Abnehmer warten.

Was bin ich froh, dass meine Verkäuferin nicht nur freundlich, sondern auch schnell ist und meine Buttercroissants schon für mich eingepackt hat. Ich werde diese mir heute besonders gut schmecken lassen und lobend an sie denken.

48. Oster-Rabatt?

Ich kann mein Glück kaum fassen: Während einige Banker für dieses Jahr wegen des Ukrainekrieges und der globalen Unterbrechungen von Lieferketten schon zweistellige Inflationsraten befürchten, scheint meine Bäckerei mir heute, pünktlich zum Osterfest, einen zweistelligen Rabatt ins Körbchen legen zu wollen. Denn als es ans Bezahlen meiner sechs Backwaren geht, kommt mir die Summe sensationell niedrig vor. Während ich auf das Beste hoffe und mich auf das Schlimmste vorbereite, denke ich noch einmal scharf und nüchtern nach. Irgendetwas kommt mir hier spanisch vor. Ich sehe auch keinerlei Aktionswerbung in der Bäckerei, als ich mich extra kurz umsehe. Ich frage daher lieber noch mal die Verkäuferin, ob die Summe, die die Kasse anzeigt, wirklich stimmt. Fragend schaut sie in die Tüte und bestätigt mir, dass alle sechs Teile in der Tüte seien. Das freut mich natürlich sehr, weil dann zumindest schon einmal am Frühstückstisch nachher keine Knappheit bestehen wird.

Allerdings kann ein Fehler natürlich immer noch bei der Wareneingabe in die Kasse aufgetreten sein. Und siehe da, die Verkäuferin checkt nun noch einmal gründlich die Kasseneingabe und erschrickt sichtbar, als dort nur fünf Teile ersichtlich sind. Schnell korrigiert sie nun den Fehler, und ich muss mehr bezahlen. Trotzdem sind wir wahrscheinlich beide froh über des Rätsels Lösung: Die Verkäuferin, dass sie letztendlich doch noch den korrekten Betrag erhalten hat, und ich über meine gute Tat zum Osterfest.

49. Angriff auf meine Bäckerei!

Als ich heute gemütlich an meiner Bäckerei vorbeischlendere, glaube ich meinen Augen zunächst nicht: Auf der gegenüberliegenden Straßenseite hat sich doch tatsächlich eine weitere Bäckerei breitgemacht und wirbt schon von weitem sichtbar mit dem Schild »Neueröffnung«. Wettbewerb belebt ja bekanntlich das Geschäft, aber in diesem Fall scheint er vor allem das Geschäft der neuen Bäckerei zu beleben. Während nämlich in meiner Bäckerei nichts los ist, erfreut sich der Herausforderer guten Zulaufs von Kunden. Vielleicht ist es ja nur die Neugier, was der Neue so drauf hat? Clever scheint er in jedem Fall zu sein, greift er meine Bäckerei doch ausgerechnet an deren Achilles-Ferse an. Heute rächt sich vielleicht, dass sie im Winter neu eröffnet hatte und dabei offensichtlich nie daran gedacht hat, dass es auch mal wieder Frühling wird. Bei herrlichem Wetter sitzen so beim Herausforderer zahlreiche Kunden gemütlich draußen an kleinen Tischen und lassen sich ihre Backwaren und ihren Kaffee schmecken, während meine Bäckerei nicht einen einzigen Tisch im Außenbereich aufgestellt hat trotz reichlich Platz davor.

50. Vor dem Hauptbahnhof

Sollte ich mich tatsächlich in der Richtung geirrt haben? Als ich mich heute meiner Bäckerei nähere, fühle ich mich eher an den Platz vor dem Frankfurter Hauptbahnhof erinnert als an den üblicherweise doch recht beschaulichen Vorplatz meiner Bäckerei. Das Gewimmel muss sich wie ein Lauffeuer herumgesprochen haben, denn zum ersten Mal seit längerem sehe ich auch wieder einen Bettler vor der Bäckerei sitzen, der mit »Please« höflich um milde Gaben bittet.

Eine Schlange mit einem klar definierbaren Ende der Kundschaft ist heute nicht auszumachen, dafür gibt es drei Minischlangen, die sich in unklarer Reihenfolge quer über den Platz verteilt haben. Also versuche ich erst einmal die Ausgangslage zu klären, damit möglichst einvernehmlich abgestimmt ist, wer nach wem dran ist. Damit habe ich zumindest schon einmal das Ende der Schlange definiert, und prompt nähert sich hinter mir bereits die nächste Kundin. Zögerlich fragt sie mich zunächst jedoch, ob die Menschen hier auf dem Platz wirklich alle für die Bäckerei anstünden. Nachdem neben der Bäckerei lediglich noch ein Blumenladen auf dem Platz heute geöffnet ist – mit genau einer Kundin im Laden – bestätige ich ihre schlimmste Befürchtung, dass alle anderen in die Bäckerei wollen mit der aufmunternden Bemerkung »Nur Blumen gibt es schneller.« Hierauf antwortete sie etwas resigniert, dass man diese aber nicht essen könne, was ich so natürlich nicht stehen lassen konnte, nachdem einige Blumen schließlich essbar sind, was sie schließlich einsah, aber trotzdem weiterhin tapfer auf ihre Reihe in der Bäckerei wartete.

In der Zwischenzeit saust ein ca. 8-jähriger Knirps auf einem Skateboard an einer älteren Dame vorbei, die ihn daraufhin zurechtweist »Ganz schön forsch, junger Mann«. Woraufhin dem inzwischen am Horizont entschwundenen Jungen ein Mann im mittleren Alter als Brückenbauer zwischen den Generationen und Verteidiger der jungen Generation verbal zu Hilfe eilt mit dem Hinweis, dass wir so doch als Kinder alle gewesen seien. Die ältere Dame fühlt sich hierbei sicherlich an ihre eigene Jugend erinnert und vielleicht auch etwas geschmeichelt und antwortet daher versöhnlich »Forsch war er aber trotzdem.«

Mittlerweile ist auf dem Weg in die Bäckerei eine Lücke von fünf Metern entstanden, den eine Frau zwischen sich und dem Kunden vor ihr aus nicht unmittelbar nachvollziehbaren Gründen lässt. Passenderweise trägt sie eine Handtasche der Marke »Guess«, vielleicht will sie die Wartenden ja zu einem kleinen Ratespiel zu ihrer Motivation einladen, um so die Wartezeit zu verkürzen? Als ich endlich in die Bäckerei darf, gilt es nur noch als letzte Übung im Parcours die Aufgabenteilung zwischen Verkäuferin 1 (Bestellung) und 2 (Eintüten) zu meistern und schon geht es freudestrahlend mit der Tüte frischer Backwaren als Belohnung an den heimischen Frühstückstisch.